DESENHO
passo a passo

Princesas

AURORA

A **BELA ADORMECIDA** É UM CONTO POPULAR DE TRADIÇÃO ORAL QUE GANHOU MUITAS VERSÕES E TÍTULOS AO LONGO DA HISTÓRIA. ATÉ WALT DISNEY FEZ UMA VERSÃO PARA O CINEMA, TRAZENDO INÚMERAS MODIFICAÇÕES QUE O DISTANCIARAM DOS RELATOS ORIGINAIS.

1

TRACE O VESTIDO E OS BRAÇOS, FAZENDO UM ESBOÇO.

DESENHE DUAS FORMAS OVAIS: UMA PARA A CABEÇA E OUTRA PARA O BUQUÊ DE FLORES.

2

CONTORNE AS LINHAS FEITAS PARA DAR FORMA AO ROSTO E AO VESTIDO.

QUANDO A **BELA ADORMECIDA** FAZ DEZESSEIS ANOS, ELA FURA O DEDO NO FUSO DE UMA ROCA E ADORMECE, ASSIM COMO TODO O REINO. APENAS UM PRÍNCIPE SERÁ CAPAZ DE ACORDÁ-LOS.

COROA

A **COROA REAL** É O SÍMBOLO DO MONARCA. É FEITA DE OURO E ADORNADA COM PEDRAS PRECIOSAS. QUANDO O PRÍNCIPE SE TORNA REI, É COMUM DIZER QUE ELE HERDOU A COROA.

1

DESENHE ESTAS LINHAS PARA ESTABELECER A SIMETRIA.

DESENHE UMA FORMA OVAL NO CENTRO.

TRACE A COROA.

2

DESENHE OS PRINCIPAIS ELEMENTOS DECORATIVOS.

MANTENHA SEMPRE A SIMETRIA.

DESENHE AS PEDRAS PRECIOSAS: PÉROLAS, RUBIS, SAFIRAS... ELAS DECORAM A COROA.

APAGUE AS LINHAS-GUIAS DO DESENHO.

DESENHE A **COROA** E PINTE-A COM AS CORES QUE PREFERIR.

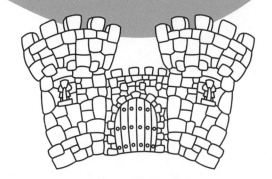

5

BRANCA DE NEVE

1 DESENHE UMA FORMA OVAL PARA MARCAR A CABEÇA.

TRACE O FORMATO DO COELHINHO.

FAÇA O CORPO.

2 CONTORNE AS LINHAS FEITAS PARA DAR FORMA AO VESTIDO, AO CORPO E À CABEÇA.

BRANCA DE NEVE É UM CONTO DE FADAS MUNDIALMENTE FAMOSO. ACREDITA-SE QUE NO SÉCULO XVIII TENHA EXISTIDO UMA PERSONAGEM REAL, E DE ORIGEM ALEMÃ, NA QUAL O CONTO TERIA SE BASEADO.

3

DESENHE OS DETALHES DO VESTIDO, O LAÇO E O COELHINHO.

BRANCA DE NEVE
ADORMECE MORDENDO UMA MAÇÃ ENVENENADA, QUE FOI DADA POR SUA MADRASTA, QUE VESTIA UM DISFARCE DE UMA SENHORA. A PRINCESA CAI ADORMECIDA, ATÉ QUE UM PRÍNCIPE A DESPERTA COM UM ATO DE CARINHO.

APAGUE AS LINHAS-GUIAS DO DESENHO.

4

AGORA, DESENHE E PINTE A **BRANCA DE NEVE.**

ESPELHO

1

DESENHE ESTAS LINHAS PARA ESTABELECER A SIMETRIA.

DESENHE DUAS FORMAS OVAIS, UMA DENTRO DA OUTRA.

DEFINA AS ÁREAS PARA OS ELEMENTOS DECORATIVOS.

— ESPELHO, ESPELHO MEU!
QUEM É A MAIS BELA DO REINO? — PERGUNTOU A MADRASTA DE BRANCA DE NEVE.

2

DESENHE OS ELEMENTOS DECORATIVOS DENTRO DAS ÁREAS DEFINIDAS.

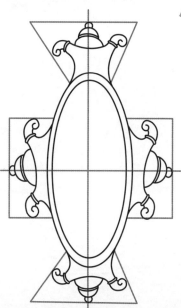

3 DESENHE OS ELEMENTOS DECORATIVOS RESTANTES E O REFLEXO DO ESPELHO.

APAGUE AS LINHAS-GUIAS DO DESENHO.

4 AGORA, DESENHE O **ESPELHO** E DECORE-O COMO DESEJAR.

— **BRANCA DE NEVE** É A MAIS BONITA — RESPONDEU O ESPELHO.

9

CINDERELA

UMA FADA FAZ COM QUE **CINDERELA** SE TRANSFORME EM UMA PRINCESA E UMA ABÓBORA EM UMA CARRUAGEM. PORÉM, ELA DEVE VOLTAR PARA CASA ANTES DA MEIA-NOITE.

1

DESENHE UMA FORMA OVAL PARA MARCAR A CABEÇA.

DESENHE LINHAS PARA OS BRAÇOS.

FAÇA A MARCAÇÃO DO CORPO E DO VESTIDO.

2

CONTORNE AS LINHAS FEITAS PARA DAR FORMA À CABEÇA E AO CORPO.

10

CARRUAGEM

SABIA QUE **CARRUAGEM** É UM VEÍCULO REPLETO DE ENFEITES E ADORNOS? ELE É PUXADO POR QUATRO, CINCO OU MAIS CAVALOS E COSTUMA TER UM ESPAÇO PARA LEVAR DOIS COCHEIROS.

TRACE UMA FORMA OVAL PARA DESENHAR A CABINE DA CARRUAGEM.

FAÇA OUTRA FORMA OVAL NO TOPO.

DESENHE DOIS CÍRCULOS PARA AS RODAS.

1

2 DESENHE VÁRIAS LINHAS CURVAS PARA DAR FORMA À CABINE.

DESENHE OS RAIOS QUE SERVIRÃO DE BASE PARA FINALIZAR AS RODAS.

3

APAGUE AS LINHAS-GUIAS DO DESENHO.

COMPLETE O DESENHO COM OS DETALHES: A PORTA, OS BANCOS E A COROA.

4

DESENHE A **CARRUAGEM** E PINTE-A. ADICIONE MAIS ENFEITES, SE QUISER.

BELA

1

MARQUE O LUGAR DA FLOR.

DESENHE UMA FORMA OVAL PARA MARCAR A CABEÇA.

TRACE LINHAS PARA OS BRAÇOS.

TRACE A FORMA DO VESTIDO.

2

CONTORNE AS LINHAS FEITAS PARA DAR FORMA AOS BRAÇOS, À CABEÇA E AO VESTIDO.

A **BELA E A FERA** É UM CONTO DE FADAS EUROPEU TRADICIONAL. EXISTEM MUITAS VERSÕES SOBRE A HISTÓRIA, SÓ QUE A MAIS CONHECIDA CONTA SOBRE UM PRÍNCIPE QUE SE TRANSFORMOU EM UMA FERA E SOBRE UMA BELA MENINA, CHAMADA BELA, QUE É TRANCADA NO CASTELO DELE.

PARA SE TORNAR HUMANO NOVAMENTE, O PRÍNCIPE DEVE CONQUISTAR O AMOR DE BELA.

DESENHE **BELA** E PINTE-A COM SUAS CORES FAVORITAS.

3

TERMINE DESENHANDO OS ENFEITES DO VESTIDO E DO CABELO, ASSIM COMO A ROSA.

APAGUE AS LINHAS-GUIAS DO DESENHO.

TRONO

1 — DESENHE UMA FORMA OVAL PARA FAZER O ENCOSTO DA CADEIRA.

MARQUE A ÁREA DO ASSENTO.

DESENHE VÁRIAS LINHAS PARA FAZER OS BRAÇOS E AS PERNAS DO TRONO.

O **TRONO** É O ASSENTO OFICIAL EM QUE O MONARCA SE SENTA EM CERIMÔNIAS E EVENTOS IMPORTANTES. ANTIGAMENTE, NOS PALÁCIOS, HAVIA UM LUGAR ESPECÍFICO ONDE FICAVA ESSE ASSENTO: A SALA DO TRONO.

2 — CONTORNE AS LINHAS FEITAS PARA DAR FORMA AO ENCOSTO, AO ASSENTO, ÀS PERNAS E AOS BRAÇOS DA CADEIRA.

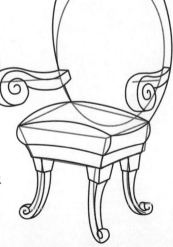

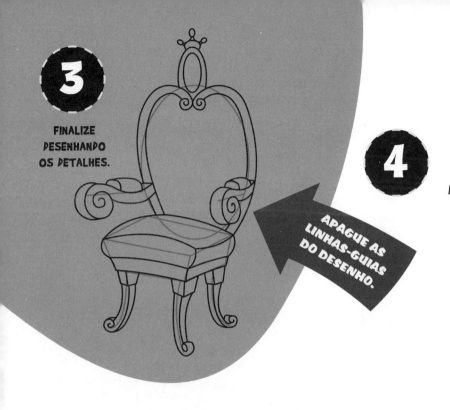

3 FINALIZE DESENHANDO OS DETALHES.

4 DESENHE O **TRONO** E, DEPOIS, PINTE-O.

APAGUE AS LINHAS-GUIAS DO DESENHO.

UM DOS **TRONOS** MAIS FAMOSOS, AINDA EM USO, É O TRONO DO REI EDUARDO VII, NO QUAL O MONARCA BRITÂNICO FOI COROADO.

PRÍNCIPE

1

DESENHE DUAS FORMAS OVAIS: UMA PARA A CABEÇA E OUTRA PARA O BUQUÊ DE FLORES.

FAÇA A MARCAÇÃO DO CORPO, MANTENDO-O LIGEIRAMENTE INCLINADO.

COM UMA LINHA, MARQUE O BRAÇO.

DESENHE DUAS LINHAS PARA MARCAR AS PERNAS.

2

CONTORNE AS LINHAS FEITAS PARA DAR FORMA À JAQUETA, À CABEÇA, ÀS PERNAS E ÀS BOTAS.

PRÍNCIPE É O TÍTULO USADO PELO FILHO DO REI, QUE É O HERDEIRO DA COROA.

PRÍNCIPE-SAPO

1

DESENHE O CONTORNO DO CORPO.

FAÇA DUAS FORMAS OVAIS PARA OS OLHOS.

MARQUE AS PERNAS.

2

CONTORNE AS LINHAS FEITAS PARA DAR FORMA AO SAPO.

EM MUITAS HISTÓRIAS INFANTIS, O FEITIÇO DE UMA BRUXA MALVADA TRANSFORMA O **PRÍNCIPE** EM **SAPO**.

20

3 COMPLETE O DESENHO FAZENDO O NARIZ, A BARRIGA E A COROA.

APAGUE AS LINHAS-GUIAS DO DESENHO.

4 DESENHE O SAPO E PINTE-O: SERÁ QUE ELE SE TORNARÁ UM PRÍNCIPE?

O BEIJO DE UMA PRINCESA TRANSFORMA O **SAPO** EM UM BELO **PRÍNCIPE**.

21

CAVALO

1

DESENHE UMA FORMA OVAL PARA A CABEÇA E TRACE O CORPO DO CAVALO. EM SEGUIDA, FAÇA AS ORELHAS.

FAÇA LINHAS PARA MARCAR A CAUDA E AS QUATRO PATAS.

Os **CAVALOS** são essenciais em contos de fadas. Os príncipes montam em corcéis, e as carruagens também são puxadas por esses animais majestosos.

2

CONTORNE AS LINHAS FEITAS PARA DAR FORMA À CABEÇA, À CRINA, À CAUDA E ÀS PATAS.

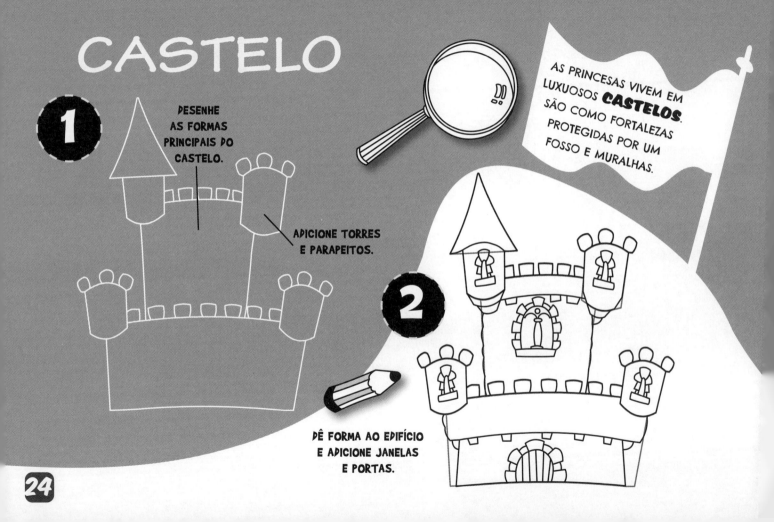

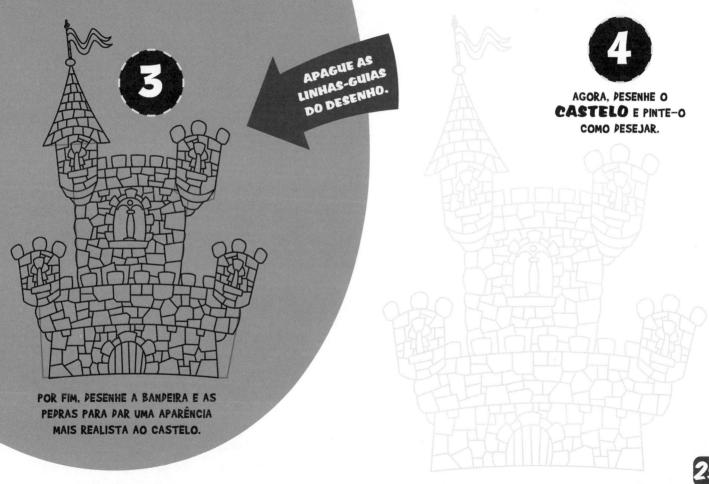

MANTENHA A SIMETRIA DO DESENHO.

APAGUE AS LINHAS-GUIAS DO DESENHO.

4 DESENHE O **LUSTRE** E ADICIONE OS ELEMENTOS DECORATIVOS QUE DESEJAR.

3 DESENHE AS VELAS.

ANTES DA INVENÇÃO DA LUZ ELÉTRICA, UM DOS MÉTODOS DE ILUMINAÇÃO MAIS USADOS ERAM AS VELAS. OS PALÁCIOS ERAM ILUMINADOS COM LUXUOSOS **LUSTRES** REPLETOS DE VELAS.

BAILE

1

DESENHE DUAS FORMAS OVAIS PARA FAZER A MARCAÇÃO DA CABEÇA.

A INCLINAÇÃO DO CORPO AJUDA A DAR MOVIMENTO AO DESENHO.

TRACE O VESTIDO E AS LINHAS PARA OS BRAÇOS.

NOS PALÁCIOS, CELEBRAVAM-SE FESTAS IMPORTANTES, COM GRANDIOSOS **BAILES**. NELES, PRÍNCIPES E PRINCESAS USAVAM SUAS MELHORES FANTASIAS E JOIAS.

2

CONTORNE AS LINHAS FEITAS PARA DAR FORMA AO CASAL. TRACE AS CARACTERÍSTICAS FACIAIS DE CADA UM.

DRAGÃO

1

O **DRAGÃO** É UM ANIMAL MITOLÓGICO MUITO PRESENTE NAS HISTÓRIAS INFANTIS. TEM A APARÊNCIA DE UM GRANDE LAGARTO OU CROCODILO. CONTUDO, POSSUI ASAS, CHIFRES, A CAPACIDADE DE SOPRAR FOGO, ALÉM DE SER MUITO FEROZ. OS PRÍNCIPES ENFRENTAM ESSAS TEMIDAS CRIATURAS PARA SALVAR AS PRINCESAS.

DESENHE UMA FORMA OVAL PARA MARCAR A CABEÇA.

FAÇA UM TRAÇO APENAS PARA MARCAR O CHIFRE.

FAÇA UM TRAÇO CURVADO PARA INDICAR A INCLINAÇÃO DO CORPO E O CONTORNO AO REDOR DELE.

DESENHE UMA LINHA PARA MARCAR A CAUDA.

MARQUE A POSIÇÃO DAS PERNAS E ASAS.

2

CONTORNE AS LINHAS FEITAS PARA DAR FORMA AO ROSTO, À CAUDA E ÀS PATAS.

30

3 DESENHE OS DETALHES DO CORPO, A LÍNGUA, OS CHIFRES E AS ASAS.

APAGUE AS LINHAS-GUIAS DO DESENHO.

4 DESENHE ESTE FEROZ **DRAGÃO** E DÊ UM NOME A ELE.

Dados Internacionais de Catalogação na Publicação (CIP) de acordo com ISBD

S964p	Susaeta Ediciones.
	Princesas / Susaeta Ediciones ; traduzido por Paloma Blanca Alves Barbieri. - Jandira, SP : Ciranda Cultural, 2023.
	24 p. : il. ; 22,50cm x 14,00cm. - (Desenho passo a passo).
	Título original: Princesas.
	ISBN: 978-65-261-0727-0
	1. Literatura infantil. 2. Kit. 3. Lápis de cor. 4. Desenho. 5. Passo a passo. I. Barbieri, Paloma Blanca Alves. II. Título. III. Série.
2023-1153	CDD 028.5
	CDU 82-93

Elaborado por Lucio Feitosa - CRB-8/8803

Índice para catálogo sistemático:
1. Literatura infantil 028.5
2. Literatura infantil 82-93